Des champions olympiques !

À tous ceux qui aiment les maillots
trempés de sueur, et les chaussettes qui puent !
M. Cantin

www.editions.flammarion.com

© Éditions Flammarion pour le texte et l'illustration, 2008
87, quai Panhard et Levassor – 75647 Paris Cedex 13
Dépôt légal : juillet 2008 – ISBN : 978-2-0812-1118-6
Loi n°49-956 du 16 juillet 1949 sur les publications destinées à la jeunesse

Marc Cantin

Éric Gasté

Des champions olympiques !

CASTOR POCHE ✪ Flammarion

Vive les Grecs !

Cet après-midi, Mademoiselle Téolait n'a aucun problème pour faire participer ses élèves. Les jeux Olympiques sont au programme de la leçon, et les CM1 pensent tout connaître sur le sujet :

– C'est les Grecs qui ont inventé les jeux Olympiques ! affirme Cerise.

– Exact, approuve la maîtresse. Et à quelle époque ?

– Euh… en 2000 ?

– Ha ! Ha ! N'importe quoi ! se moque Hugo. C'était bien avant !

– Arrête de frimer ! intervient Carla. Tu n'en sais rien !

– Si ! C'était en 1968 ! Je l'ai lu dans un livre !

– Il y a bien eu des jeux Olympiques en 1968 à Mexico…, signale Mademoiselle Téolait.

– Ah ! lance fièrement Hugo.

– … mais ce n'était pas les premiers, termine la maîtresse.

– Ah ! lâche Carla avec un petit sourire.

Mademoiselle Téolait explique que la plus célèbre des compétitions sportives a été inventée il y a plus de 3000 ans, pour favoriser la paix et la réconciliation entre les hommes.

– *Ouah !* s'exclame Robin. 3000 ans… Ça fait un paquet de médailles à distribuer !

– À l'origine, précise la maîtresse, le gagnant recevait une palme*. Un juge, qu'on appelait le héraut, annonçait le nom du vainqueur et les spectateurs l'acclamaient en lui lançant des fleurs.

– Les filles aussi gagnaient des palmes ? demande Cloé.

– À cette époque, les femmes n'avaient pas le droit de participer aux Jeux, répond Mademoiselle Téolait.

– C'était le bon temps ! commente Hugo.

– Mais certaines d'entre elles refusaient cette interdiction, poursuit la maîtresse en fronçant les sourcils. Elles se déguisaient en hommes, au risque, comme le prévoyait le règlement, d'être jetées du haut d'un précipice !

– Elles étaient super courageuses ! s'exclame Carla.

– Des tricheuses, ronchonne Hugo. Voilà ce qu'elles étaient.

– Répète !

Pour calmer les esprits, Mademoiselle Téolait raconte alors que les jeux Olympiques se sont arrêtés après 1200 ans d'existence, avant de revoir le jour en 1896, grâce au baron de Coubertin.

– Il y voyait un symbole d'égalité et de respect entre les hommes, et les femmes, de tous les pays ! insiste-t-elle. Mais à votre avis, quel sport représente le mieux les jeux Olympiques ?

– Le foot ! propose Malik.

– *Pfff !* soupire Zoé. C'est le marathon !

– Ce sont aussi les Grecs qui ont inventé la course à pied ? s'étonne Hugo.

– Ça, je l'ignore, avoue la maîtresse. Je sais seulement que Marathon est un village situé à une quarantaine de kilomètres d'Athènes. Il s'y est déroulé une célèbre bataille qui a opposé les Athéniens aux Perses. Les Grecs, inférieurs en nombre, ont pourtant remporté cette guerre qui a sauvé leur pays. À l'issue du combat, un soldat a couru jusqu'à Athènes pour apporter la bonne nouvelle. En arrivant, épuisé par l'effort, il est mort.

– Ah oui ! acquiesce Basile. C'est depuis qu'on court le marathon aux jeux Olympiques.

– Pas vraiment, corrige Mademoiselle Téolait. Le marathon ne faisait pas partie des épreuves des Jeux antiques. C'est seulement en 1896 que le baron de Coubertin l'a inscrit au programme.

– Quarante kilomètres en courant, on n'en meurt pas, lance Hugo. Ou alors, votre soldat, c'était encore une fille déguisée en garçon !

– Quoi ? s'offusque Carla. Répète-le ! Je vais te dire, moi, pourquoi les Grecs interdisaient aux filles de participer aux Jeux : c'est parce qu'ils avaient peur qu'elles les battent !

– Ha ! Ha ! Laisse-moi rire !

– Et toi, tu es comme les Grecs : tu as peur de perdre !

– Moi ? Je bats n'importe qui à la course !

– Tu veux parier ?

– Silence ! intervient la maîtresse. Il est l'heure de sortir, et je crois que vous avez besoin de vous détendre un peu. Allez, dehors ! Nous reparlerons de tout cela lundi.

Un cours sur les jeux Olympiques est l'occasion d'une nouvelle dispute entre Carla et Hugo.

Chapitre 2

Ça va chauffer !

– **A**lors comme ça, commence Carla, tu penses courir plus vite que moi ?

– Plus vite… et plus longtemps, confirme Hugo en bombant le torse.

Les meilleurs ennemis se sont tous les deux discrètement retrouvés après la fin de l'école, à côté de la grille. Les autres élèves sont partis. Seuls Cloé, Zoé, Basile et Malik sont restés.

– Eh bien, reprend Carla, pour nous départager, il suffit d'organiser un marathon.

– Ha ! Ha ! Tu veux mourir d'épuisement comme le soldat grec !

– C'est toi qui vas manger tes poumons, la Grenouille.

– La Gr… Ne m'appelle jamais comme ça !

– Hé ! Hé ! Tu vas devoir sauter, la Grenouille, si tu veux gagner la course !

– Très bien, s'énerve Hugo, plus écarlate qu'un nez de clown. On fait ce marathon dès demain !

Carla, le visage radieux, approuve d'un hochement de tête. En moins de deux minutes, l'épreuve est organisée : Malik et Zoé donneront le départ sur le parking de la piscine. Les coureurs iront jusqu'au manoir de Saint-Malmor où Basile et Cloé attesteront* leur passage. Puis les concurrents franchiront la rivière, avant de traverser le bois du Loup-pendu et de revenir à leur point de départ.

– Ça ne fait pas quarante-deux kilomètres et cent quatre-vingt-quinze mètres, note Cloé avec une précision de couturière.

– C'est quoi, ça ? s'étonne Basile.

– La distance officielle du marathon, pauvre quille !

– On s'en fiche, tranche Hugo. Notre marathon à nous, il est comme il est ! Rendez-vous demain matin à neuf heures.

– D'accord, approuve Carla. Et que la meilleure gagne.

– « LE » meilleur, corrige Hugo.

– « LA » meilleure !

– Le meilleur !

– La meilleure !

– Le meill…

Les enfants s'éloignent, quand une ombre apparaît sur le mur de l'école. Elle s'agrandit… et bientôt, c'est la tête de la maîtresse qui se dessine à l'angle des pierres !

– Carla et Hugo ont déjà oublié que les jeux Olympiques sont un symbole de paix et de sportivité ! se désespère Mademoiselle Téolait.

Et elle referme la grille de l'école, convaincue que cette rivalité va encore jouer un mauvais tour à ses deux élèves…

À quelques kilomètres de là, un homme entre dans sa grange, le visage assombri par l'ombre de sa casquette. Il porte une lourde hache et s'assoit devant une meule. Il actionne la roue en pierre à l'aide d'un pédalier et commence à affûter* son outil, avec patience et application. Un son strident envahit l'endroit.

Il connaît son affaire et sa hache sera bientôt plus tranchante qu'une lame de rasoir !

Carla et Hugo ont décidé de s'affronter à la course et organisent un marathon.

Chapitre 3

On se prépare...

– Plus haut, les genoux !

– Mais non ! Allonge ta foulée !

– Respire !

– Souffle !

Hugo s'arrête au milieu de son jardin, les poings sur les hanches. Il fixe méchamment Basile et Malik.

– Faudrait vous mettre d'accord, les gars !

– Si tu crois que c'est facile de t'entraîner ! proteste Malik.

– Tu n'écoutes pas nos conseils ! ajoute Basile.

– C'est vous qui ne dites jamais la même chose ! se fâche Hugo. De toute façon, vous n'y connaissez rien !

– Voilà ! soupire Basile. C'est notre faute !

– Contentez-vous de me chronométrer, râle Hugo.

Et il recommence à tourner autour du jardin pendant que ses deux meilleurs copains persistent à lui donner des avis contradictoires. Mais Hugo s'en moque. Comme toujours, il n'en fait qu'à sa tête !

De son côté, Carla préfère chercher du réconfort auprès de sa sœur. Celle-ci a laissé la porte de sa chambre entrouverte et elle est encore pendue au téléphone. Carla s'approche discrètement. Elle ne peut pas s'empêcher de tendre l'oreille :

– … Oui, c'est une bonne idée… Moi aussi, Gaétan… mais il faudrait trouver un endroit tranquille… Attends, je réfléchis… CARLA !

– Heu… je peux entrer ?

– J… Je te rappelle, bafouille Caroline en raccrochant. Hé ! Ça fait longtemps que tu es là, toi ?

– Pourquoi ? demande innocemment Carla. Tu as quelque chose à cacher ?

– Moi ? s'offusque sa sœur en rougissant. Non !... Pas du tout !... Mais ce n'est pas une raison pour écouter aux portes !

– C'était ouvert, proteste Carla. Et puis, rassure-toi, je n'ai rien compris de ce que tu racontais… à un certain Gaétan !

– Je te conseille d'oublier ce prénom ! enrage Caroline. Dis-moi plutôt ce que tu viens faire dans ma chambre.

– Je dois te parler. C'est à propos d'Hugo.

En quelques mots, Carla décrit le nouveau pari engagé avec son ennemi.

– Sois franche : tu crois que je peux le battre ?

– Ben… Je n'en sais rien, avoue Caroline. Quel est l'itinéraire de la course ?

– De la piscine jusqu'au manoir de Saint-Malmor, avec un passage obligé par le bois du Loup-pendu avant de revenir au point de départ.

Caroline demeure silencieuse. Elle paraît perdue dans ses pensées.

– Le bois du Loup-pendu, murmure-t-elle.

– Alors ? J'ai une chance ou pas ? s'impatiente Carla.

– Non, non… enfin, je veux dire, bien sûr ! se reprend Caroline. Laisse-moi, maintenant. J'ai des choses à faire.

– Mais…

– Allez ! Du balai !

Carla sort de la chambre en ronchonnant :

– C'est bien la peine d'avoir une grande sœur si elle n'est même pas capable de vous écouter !

Dans la grange, l'homme a cessé d'affûter sa hache. Il passe avec prudence son doigt sur le tranchant étincelant. Puis il saisit le manche à deux mains, soulève la hache et l'abat d'un coup sec sur une bûche. Le bois se fend immédiatement.

L'homme sourit : il peut dormir tranquille, sa hache fera du bon travail demain…

Hugo s'entraîne très dur tandis que Carla prend conseil auprès de sa grande sœur.

Chapitre 4

Top départ !

Il est neuf heures pile quand Carla, Zoé, Hugo et Malik se présentent sur la ligne de départ. Carla porte son survêtement rouge et noir, très confortable. Hugo, lui, a choisi un short blanc et un t-shirt bleu, sur lequel est imprimé un guépard en pleine course.

– Tu comptes courir à quatre pattes ? se moque Carla. Remarque, ça ne m'étonne pas, je t'ai toujours trouvé un peu « bête » !

– Tout ce que tu verras, c'est l'arrière de mon t-shirt, réplique Hugo.

Il se retourne pour montrer son dos à sa concurrente. Deux mots y sont simplement inscrits : « *Bye, bye !* »

Malik pouffe de rire. Zoé secoue la tête d'un air désespéré.

– Le guépard est peut-être le plus rapide des mammifères, lance Carla, mais il ne peut pas courir longtemps !

– C'est ce qu'on va voir, promet Hugo.

Zoé et Malik se placent alors de chaque côté de la ligne de départ, tracée à la craie. Carla et Hugo plient les genoux : ils sont prêts.
– Trois, deux, un, comptent Zoé et Malik. PARTEZ !

Les meilleurs ennemis s'élancent... mais Hugo, tel un guépard, accélère aussitôt. Il prend un départ foudroyant et devance Carla de deux mètres, puis quatre, puis dix et bientôt vingt dès la fin du parking. Une vraie fusée ! Il s'engage déjà sur un chemin de terre qui longe deux vieilles maisons... Seulement, pour rejoindre le manoir, le terrain est en pente et la côte est dure !
– Hé ! Hé ! ricane Carla. On dirait bien que le guépard n'avance plus.

En effet, Hugo réduit son allure. À bout de souffle, il doit se contenter de marcher, les mains sur les hanches. Terrassé par un point de côté, il n'arrive pas à reprendre sa respiration.

– Qui veut voyager loin ménage sa monture,
lui lance Carla en le rattrapant.

– *Fffff… Fffff…,* souffle Hugo.

Il manque d'inspiration pour répondre et
voit sa concurrente le doubler, d'une petite
foulée régulière. Elle dépasse les deux maisons
et disparaît sur le sentier qui serpente entre les
ronces et les fougères.

– J… Je n'ai pas dit mon dernier mot,
marmonne Hugo en se redressant.

Au lieu de suivre Carla, il se glisse sous une clôture électrique et décide de couper à travers champs. Il rejoindra le chemin, à l'autre bout de la prairie, en s'évitant un large détour. Ainsi, il est sûr de reprendre la première place.

Carla, elle, poursuit sa course, toujours au même rythme. Elle se retourne pour juger de son avance et remarque qu'Hugo n'est pas là.

– Bizarre, murmure-t-elle. Il n'aurait quand même pas abandonné…

Mais une autre idée lui effleure l'esprit : et si son ennemi avait décidé de tricher ?

– *Grrrr !* Il va me le payer !

Elle serre les dents, elle serre les poings, et elle accélère !

Pendant ce temps, Hugo trottine au milieu du champ.

– Grâce à ce raccourci, je peux économiser mes forces, se félicite-t-il.

Mais soudain, un meuglement s'élève derrière lui, accompagné d'un bruit de sabots !

– *MEUUUH !*

– Oh ! La vache ! s'exclame-t-il.

La bête ne semble pas disposée à partager son pré ! D'un pas lourd et décidé, elle se rapproche d'Hugo, cornes en avant ! Ce dernier détale comme une flèche ! Jamais il n'a couru aussi vite ! Il traverse la prairie en un éclair, la vache à ses trousses… Mais il n'est pas assez rapide : l'animal gagne du terrain et ses cornes effleurent les fesses d'Hugo. Il saute juste à temps au-dessus de la clôture électrique !
– *MEUUUH !* fait la vache, mécontente.

Hugo s'arrête au milieu du chemin et lui tire la langue. Il a eu chaud, mais il a réussi !

Aussi, après un petit repos bien mérité, il reprend tranquillement sa course.

– Maintenant, en route vers le manoir, dit-il avec un large sourire.

– Espèce de tricheur ! hurle Carla en arrivant derrière lui.

– Oh non ! Pas elle !

Carla a couru aussi vite que possible. Le visage en sueur, elle poursuit son effort et rejoint Hugo.

– Le serment olympique, ça te dit quelque chose ? Je te rappelle que les concurrents promettent de ne pas tricher !

– Je n'ai pas triché, prétend Hugo, j'ai juste été plus malin que toi… mais ça, ce n'est pas très difficile !

– Plus malin ?

– Eh oui ! Dans une compétition, tous les coups sont permis.

– Dans ce cas, marmonne Carla…

Sans hésiter, elle fait un superbe croche-pied à son adversaire qui s'étale dans l'herbe.

– *Meu-eu-euh !* ricane la vache, un peu plus loin.

Pendant qu'Hugo, le nez dans l'herbe, tente de reprendre ses esprits, Carla en profite pour reprendre de l'avance…

Non loin de là, dans le bois du Loup-pendu, un homme au visage perdu dans l'ombre de sa casquette s'avance entre les arbres. Il marche d'un pas régulier et, à la main, il tient une hache parfaitement affûtée…

La course des meilleurs ennemis se transforme en une bataille sans merci : tous les coups sont permis !

Chapitre 5

Coups tordus

Sans ralentir, Carla traverse un bosquet de jeunes saules. Puis les arbres s'écartent pour laisser la place à une large clairière. Au centre, trône le manoir de Saint-Malmor. Près de la bâtisse en ruine, Cloé et Basile attendent les concurrents.

– Vas-y, Carla ! se réjouit Cloé en voyant son amie arriver en tête.

Hugo apparaît derrière elle, le regard féroce. Il semble bien décidé à combler son retard.

– HU-GO ! HU-GO ! scande Basile en frappant des mains.

– CAR-LA ! CAR-LA ! crie aussitôt Cloé.

Carla passe devant le manoir. Elle se retourne : Hugo gagne du terrain à chaque foulée. Elle a l'impression d'avoir de la colle sous les semelles ! Mais il lui reste encore quelques mètres d'avance et elle rassemble ses forces avant de prendre la direction du bois du Loup-pendu. Hugo reste sur ses talons ; seulement, lui aussi commence à fatiguer et il ne parvient pas à la doubler. Les deux adversaires s'éloignent du manoir, sous les ultimes encouragements de Basile et Zoé...

Pour rejoindre le bois, il faut obligatoire-ment traverser la rivière. Carla se présente la première devant le tronc qui permet de franchir l'eau. Il n'est pas très gros, mais il peut facilement supporter son poids. Aussi, s'y engage-t-elle sans hésiter. Hugo est juste derrière elle. Un rictus* éclaire son visage écarlate.

– On va voir si tu as de l'équilibre, lance-t-il à sa meilleure ennemie.

Carla tourne la tête, inquiète… et Hugo saute à pieds joints sur le pont ! La secousse suffit à la faire trébucher.

– Aaaaah ! crie-t-elle en brassant l'air comme un moulin à vent.

Ses jambes se dérobent, et elle perd l'équilibre ! Dans un dernier réflexe, elle se raccroche au tronc… et se retrouve suspendue par les bras au-dessus de la rivière !

– Et voilà le travail ! se félicite Hugo.

Il franchit tranquillement le pont, sans écraser les doigts de Carla.

– Tu noteras que je fais preuve d'une grande sportivité, dit-il à son adversaire.

– L… Le baron de Coubertin serait sûrement très fier de toi ! lui retourne Carla.

Elle tente en vain de remonter sur le tronc tandis qu'Hugo se frotte les mains. À présent, il est certain de remporter cette course. Il s'apprête à abandonner Carla à son tronc quand celle-ci l'appelle :

– Au secours ! Mes doigts glissent !

– Et alors ? C'est ton problème, affirme Hugo.

– Tu veux vraiment gagner la course de cette façon ? lui demande Carla.

Hugo repense alors à ce sacré Coubertin et aux paroles de la maîtresse à propos des jeux Olympiques : « Un symbole d'égalité et de respect ».

Soudain, il ne se sent pas très fier.

– D'accord, grogne-t-il. Je n'aurais pas dû te faire tomber.

– Aide-moi à remonter et on oublie tout, propose Carla.

– Bon, mais c'est vraiment pour te faire plaisir, lâche Hugo en revenant la secourir.

En voulant doubler Carla, Hugo manque de la faire tomber dans la rivière, mais, pris de remords, il fait demi-tour.

Chapitre 6

Dangers en vue !

Les deux meilleurs ennemis sont repartis du bon pied. La course a repris et ils se présentent coude-à-coude à l'entrée du bois du Loup-pendu. En arrivant à hauteur du panneau « Propriété privée », Hugo accélère et s'enfonce le premier entre les arbres. L'attaque a laissé Carla sur place mais elle ne s'affole pas.

– Il ne tiendra pas jusqu'à l'arrivée, prédit-elle.

Elle préfère continuer à son rythme. De toute façon, elle n'a plus la force de suivre Hugo.

Ses jambes sont lourdes et son cœur bat trop fort ; elle a l'impression de l'entendre résonner dans sa tête comme si elle avait un tambour entre les oreilles...

– C'est bizarre, songe-t-elle, les battements de mon cœur ressemblent à des coups de hache !

Elle aperçoit alors Hugo. Lui aussi est épuisé : il s'est arrêté au milieu de l'allée, plié en deux.

– *Aaargh !*... gémit-il. Encore ce point de côté.

Les coups retentissent toujours dans la tête de Carla.

– À moins... à moins que ce ne soit dans la réalité, murmure-t-elle.

Soudain, un craquement envahit le bois. Carla comprend que son cœur n'y est pour rien ! Un nouveau coup de hache, et le craquement s'accentue ! Elle lève les yeux : un sapin vacille ! Il est sur le point de tomber... juste à l'endroit où Hugo reprend son souffle !

– J'en peux plus, se lamente-t-il, inconscient du danger. Appelle-moi un taxi.

Carla oublie sa fatigue. Elle sprinte et se jette sur Hugo. Ils roulent ensemble sur le sol, avant que la cime de l'arbre ne s'écrase à côté d'eux.

– *Glurps !* fait Hugo en ouvrant de grands yeux. C'est une nouvelle discipline olympique ?

Au même instant, un homme apparaît entre les branchages. Il porte une hache étincelante. En voyant cette arme terrible, Carla et Hugo se remettent aussitôt debout !

– Un psy… Un psychopathe* ! hurle Carla.

– Ce cinglé a essayé de nous aplatir ! s'affole Hugo. Et maintenant, il va nous découper en tranches !

Sans demander d'explication, les deux enfants s'enfuient à travers bois en battant leur record de vitesse !

Le bûcheron, lui, soulève sa casquette et s'éponge le front en les regardant disparaître.

– Satanés gamins, peste-t-il. Qu'est-ce qu'ils viennent traîner dans mon bois quand j'abats un arbre !

Hugo, sur le point de se faire écraser par un arbre, est sauvé de justesse par Carla.

Un peu d'amour

Caroline est heureuse, tranquillement blottie dans les bras de son amoureux, au fond d'une petite vallée à la lisière du bois du Loup-pendu, au bord d'un étang romantique.

Quand Gaétan lui a proposé de passer l'après-midi ensemble, la première idée de Caroline a été de trouver un endroit tranquille, à l'écart des curieux. Hors de question d'être vue avec son amoureux par ses amis, et encore moins par sa sœur ! Celle-ci finirait par tout raconter devant leur mère !

Aussi, hier, quand Carla a parlé du bois du Loup-pendu, une petite lumière s'est allumée dans sa tête...

– Je suis si bien, murmure-t-elle à l'oreille de Gaétan. J'adore être ici avec toi.

– Euh... moi aussi, bafouille ce dernier. Mais cet endroit est un peu isolé, non ?

– Justement, il n'y a que nous.

– J... Je l'espère, chuchote Gaétan en jetant des coups d'œil inquiets aux arbres qui les entourent.

– Tu trembles ?

– J'ai un peu froid. Ce bois est humide.

– C'est normal, nous sommes au bord d'un étang.

– Il y a sûrement des bêtes par ici, redoute Gaétan. Tu sais, quand j'étais petit, je me suis perdu dans une forêt, et depuis…

– Hé ! Hé ! ricane Caroline. Tu sais que c'est le chevalier qui normalement est censé rassurer la princesse !

– Ben…

– C'est moi qui vais devoir t'embrasser, alors ? suggère-t-elle.

En voyant le visage de son amoureuse se rapprocher du sien, ses jolies lèvres rouges, Gaétan oublie temporairement ce bois mystérieux et ses malheureux souvenirs d'enfance. Il ferme les yeux un instant, savourant un baiser imminent… Quand :

– AAAaaaah !

– À l'aideuuuuu !

Des cris résonnent entre les arbres. Carla et Hugo dévalent la pente qui rejoint l'étang. Ils courent en hurlant et en gesticulant, comme si une meute de loups était à leurs trousses ! Ils finissent par trébucher et roulent dans les feuilles. Au terme d'une chute digne des sports de glisse, ils s'arrêtent aux pieds de Caroline et de son amoureux. Gaétan est aussi blanc que le blanc de ses yeux ; des gouttes de sueur apparaissent sur ses tempes. Caroline, elle, vire au rouge !

– Carla ! Hugo ! s'écrie-t-elle. Je rêve ! Vous nous espionniez !

– M… Mais non ! affirme Hugo en relevant la tête d'un tas de feuilles. On est poursuivis par un tueur fou armé d'une hache !

– Un… un tueur ! gémit Gaétan.

Il se lève d'un bond et s'enfuit en répétant :

– Un tueur ! Avec une hache ! Je déteste la forêt ! Un tueuuur !

– Vos blagues sont vraiment nulles ! explose Caroline.

Folle de rage, elle se lance à la poursuite de son amoureux !

– Reviens, Gaétan ! Ils racontent n'importe quoi ! Gaétan ! Écoute-moi !

Elle disparaît entre les arbres, en laissant seuls les deux meilleurs ennemis.

– Bravo ! commente Hugo. On peut compter sur ta sœur !

– J'étais sûre qu'elle avait un amoureux, marmonne Carla. Mais je l'imaginais plus courageux !

– Elle a choisi une poule mouillée, juge Hugo.

– Remarque, on ferait bien de ne pas traîner non plus dans les parages.

– C'est vrai. Dépêchons-nous de sortir du bois. Et puis, on a une course à terminer.

Hugo est déjà debout. Il s'apprête à repartir quand Carla lâche un cri de douleur :

– *Aïe !*

– Qu'est-ce que tu as ?

– Je me suis foulé la cheville en tombant. Je ne peux plus marcher !

En tentant d'échapper à l'homme à la hache, Carla s'est foulé la cheville et ne peut plus courir...

Chapitre 8

L'arrivée

Zoé et Malik ont rejoint Cloé et Basile sur le parking de la piscine. Ils attendent les coureurs depuis un bon quart d'heure déjà.

– Ils devraient être là pourtant, signale Malik en regardant sa montre.

– Ça commence à être long, approuve Cloé.

– J'espère qu'il ne leur est rien arrivé, s'inquiète Zoé en se rongeant les ongles.

– Les voilà ! s'exclame alors Basile. M… Mais…

Ils doivent tous se frotter les yeux.

– J… J'hallucine ! bégaie Cloé.

Pourtant, c'est bien Hugo. Il s'avance au bout de la rue, en portant Carla sur son dos ! Cloé et les autres n'en reviennent pas. Ils sont tellement surpris qu'ils n'entendent même pas la maîtresse descendre de sa voiture et s'approcher d'eux. Elle semble d'ailleurs aussi étonnée que les enfants.

– Mademoiselle Téolait ! sursaute Zoé en se retournant.

– Je m'étais cachée à côté de la piscine, avoue-t-elle. Je tenais à savoir comment allait se terminer ce marathon… et je ne m'attendais pas à ça !

Les cinq spectateurs ne quittent pas Hugo des yeux. Il est en sueur et respire comme une locomotive ! Mais il continue d'avancer, sans lâcher Carla… et les deux meilleurs ennemis franchissent ensemble la ligne d'arrivée !

– Je me suis tordu la cheville, explique Carla.

Hugo, rouge et à bout de souffle, la dépose délicatement à terre… avant de s'effondrer sur le sol, tel le marathonien grec.

– Je suis très fière de vous, se réjouit la maîtresse. Vous avez compris tout l'esprit des jeux Olympiques ! Le baron de Coubertin vous féliciterait certainement !

Le regard d'Hugo croise celui de Carla et, sans se parler, les deux ennemis conviennent de ne pas donner tous les détails de la course.

– Viens, Carla, je te raccompagne chez tes parents.

Mademoiselle Téolait l'aide à regagner sa voiture, sans cesser de complimenter les deux champions pour leur sportivité.

– Vous vous êtes conduits de façon exemplaire ! J'avais peur que vous n'ayez pas bien compris la leçon d'hier mais, à présent, je suis tout à fait rassurée. Dès lundi, nous raconterons votre course à toute la classe…

– Euh… ce n'est pas la peine, suggère Carla.

– Si, si, insiste la maîtresse. Tout le monde doit être au courant…

Pendant que Mademoiselle Téolait part en voiture avec Carla, Hugo se relève doucement, sous les regards amusés des quatre autres enfants.

– N'oubliez pas que la boxe est aussi une discipline olympique, dit-il d'un air menaçant. Alors, je vous conseille de ne pas faire de commentaires ! Compris ?

Cloé, Zoé, Basile et Malik se figent un instant, muets comme des tombes. Seulement, leurs yeux se plissent petit à petit et ils plaquent leur main sur leur bouche. Rien n'y fait : ils éclatent de rire !

– Je sais ce que vous pensez ! enrage Hugo. Et ça ne me plaît pas du tout !

Les quatre moqueurs se dépêchent de prendre la fuite, sans cesser de rire !

– *Grrrr !* peste Hugo, trop fatigué pour les poursuivre. De toute façon, on a décidé de refaire la course dès que Carla sera rétablie. Vous voyez bien qu'on est toujours ennemis ! Et on finira bien par savoir qui de nous deux est le plus fort !

❶ L'auteur

Prénom : **Marc**
Nom : **Cantin**
Né le : **21 avril 1967 à Lamballe (22)**
Profession : **Écrivain pour enfants**
Signes particuliers :

- Il aime le sport, à condition que cela reste un jeu.
- Il pratique le footing régulièrement... car le métier d'écrivain ce n'est pas très « sportif » et il tient à rester en forme.
- Quand il était enfant, il jouait au foot en bas de son immeuble. L'équipe gagnante remportait une coupe fabriquée avec une demi-bouteille en plastique recouverte de papier aluminium. Elle était remise en jeu à chaque match... et certaines nuits, Marc en rêve encore !

❷ L'illustrateur

Prénom : **Éric**
Nom : **Gasté**
Né le : **2 mai 1969 à Angers (49)**
Profession : **Illustrateur pour enfants**
Signes particuliers :

Il déteste courir. Déjà à l'école, quand il fallait courir pendant 20 minutes, il avait l'impression que ses poumons allaient éclater. Après, il était tout rouge et soufflait comme un bœuf... un vrai sportif, quoi ! Maintenant il fait du vélo, c'est beaucoup moins fatigant...

**ECOLE
LES AIGLONS**

Table des matières

Vive les Grecs ! 5

Ça va chauffer ! 13

On se prépare... 19

Top départ ! 25

Coups tordus 35

Dangers en vue ! 41

Un peu d'amour 47

L'arrivée 55

Achevé d'imprimer en juillet 2008,
chez Clerc (France)